L'Évasion de l'île

Dans l'île emblématique de Fortnite, le soleil se levait sur une nouvelle journée. Un groupe de quatre amis – **Alex**, **Sophie**, **Max** et **Lina** – se préparait pour un match. Chacun d'eux avait un rôle à jouer dans l'équipe, et ils savaient qu'ils devaient être soudés pour triompher.

Alex : « Bien, les amis ! Notre objectif aujourd'hui est de visiter toutes les villes et de nous équiper au maximum. Nous commencerons à **Tilted Towers**. »

Sophie : « Tilted est toujours plein de joueurs. Soyons prudents ! »

Max : « Je suis prêt à me battre ! Je vais prendre le toit pour avoir une vue d'ensemble. »

Le groupe atterrit à Tilted Towers, un endroit rempli de gratte-ciels et d'aventures. Dès qu'ils touchent le sol, ils entendent des coups de feu.

Lina : « À droite ! Un ennemi est en haut ! »

Max grimpe rapidement sur le bâtiment.

Max : « J'ai un fusil à pompe ! Je vais l'avoir ! »

Il tire, mais l'ennemi se déplace rapidement, et Max rate sa cible.

Alex : « Laisse-moi essayer. Je vais construire une rampe ! »

Alex construit une rampe rapidement et monte au sommet. Il aperçoit l'ennemi en train de se cacher derrière une caisse.

~~**Alex** : « Je l'ai en visée ! Trois, deux, un… feu ! »~~

Il tire, et l'ennemi tombe.

Sophie : « Bien joué, Alex ! Récupérons ce butin et avançons vers **Salty Springs**. »

Ils fouillent le bâtiment et trouvent plusieurs objets utiles. Après avoir pris ce qu'ils peuvent, ils partent vers Salty Springs. En arrivant, ils remarquent que la ville est calme.

Lina : « C'est étrange. D'habitude, il y a toujours des ennemis ici. »

Max : « Peut-être qu'ils sont tous à Pleasant Park. Nous devrions y aller. »

En s'approchant de Pleasant Park, ils entendent des cris et des coups de feu au loin.

Sophie : « Il doit y avoir une bataille en cours ! Nous devons intervenir. »

Ils se positionnent derrière un buisson pour observer. Un groupe d'ennemis se bat contre un autre.

Lina : « On pourrait les attaquer par derrière ! »

Alex : « Non, c'est trop risqué. Attendre serait peut-être plus judicieux. »

Après quelques instants, l'un des groupes est éliminé. Le groupe d'Alex voit l'opportunité de prendre d'assaut les restes de l'équipe ennemie.

Max : « C'est le moment d'y aller ! »

Ils se précipitent, tirant sur l'équipe ennemie. Après une bataille intense, ils réussissent à les vaincre.

Sophie : « Ils avaient vraiment de bonnes armes ! »

Lina : « Récupérons tout ce que nous pouvons et avançons vers **Retail Row**. »

En route vers Retail Row, ils passent par des zones de combat. Les coups de feu résonnent tout autour d'eux.

Alex : « Restez sur vos gardes. On ne sait jamais d'où viendra la prochaine attaque. »

Une fois à Retail Row, ils découvrent une maison avec des bruits étranges à l'intérieur.

Max : « On dirait qu'il y a des ennemis à l'intérieur. Nous devrions être furtifs. »

Ils se glissent à l'intérieur et se cachent derrière un canapé. Ils voient deux joueurs discuter, ignorant totalement leur présence.

Sophie : « Que faisons-nous ? »

Alex : « Attendez que l'un d'eux s'éloigne. Nous devons les prendre par surprise. »

Quand l'un des joueurs sort, ils attaquent l'autre avec rapidité. Après une bataille acharnée, ils gagnent encore une fois.

Lina : « On devient vraiment bons à ça ! »

Max : « Nous devons continuer. Notre prochaine destination est **Lazy Links**. »

Arrivés à Lazy Links, le soleil commence à se coucher, et l'atmosphère devient plus tendue.

Sophie : « Regarde cette voiture de golf ! Peut-on l'utiliser pour explorer un peu ? »

Alex : « Oui, ça pourrait nous aider à nous déplacer plus vite. »

Ils prennent la voiture et parcourent la zone. En passant par un petit sentier, ils voient un autre groupe.

Max : « Arrêtez la voiture ! On doit se cacher. »

Ils sortent rapidement de la voiture et se cachent derrière des buissons. Le groupe ennemi les aperçoit, mais il semble préoccupé par autre chose.

Lina : « Regardez, ils se battent contre quelqu'un d'autre. C'est notre chance ! »

Alex : « On va les attaquer pendant qu'ils sont distraits ! »

Ils s'élancent et attaquent l'équipe ennemie. Après un combat intense, ils parviennent à éliminer tous leurs adversaires.

Sophie : « Je n'arrive pas à croire que nous avons fait ça ! »

Max : « On est en train de devenir une vraie équipe. »

À ce moment-là, une tempête commence à se former autour d'eux.

Alex : « Nous devons nous dépêcher ! Allons à **Dusty Depot** pour récupérer du matériel ! »

Arrivés à Dusty Depot, ils se mettent à fouiller les conteneurs pour des ressources.

Lina : « J'ai trouvé des munitions et des soins ici ! Ça va nous être utile. »

Juste après, ils entendent des bruits de tirs au loin. Ils se dirigent vers le son et découvrent un combat acharné entre plusieurs équipes.

Max : « Ça a l'air dangereux. On doit être prudents. »

Sophie : « On peut les prendre par surprise depuis le haut des conteneurs. »

Ils montent et commencent à tirer sur les adversaires.

Alex : « Bien joué ! Continuez comme ça ! »

Après quelques minutes de bataille, ils réussissent à réduire le nombre d'ennemis. Mais soudain, un sniper tire sur Lina.

Lina : « Aaaah ! J'ai besoin de soins ! »

Sophie : « Tiens, voici un kit de soins ! Soigne-toi vite ! »

Pendant que Lina se soigne, les autres continuent le combat. Finalement, ils parviennent à éliminer tous leurs adversaires.

Max : « On a réussi, mais où est Lina ? »

Lina se relève, encore un peu choquée mais en bonne santé.

Lina : « Je suis là, je vais bien. On doit sortir d'ici avant que la tempête ne nous rattrape. »

Ils se dirigent rapidement vers **Anarchy Acres**, espérant y trouver une cachette. En chemin, ils réalisent qu'ils sont presque seuls sur l'île.

Alex : « Il reste seulement quelques équipes. On pourrait gagner ce match ! »

Arrivés à Anarchy Acres, ils se cachent dans une ferme abandonnée.

Sophie : « On devrait établir une stratégie pour le dernier combat. »

Max : « Si on se sépare, nous pouvons les surprendre ! »

Ils élaborent un plan et se mettent en position. Les derniers adversaires arrivent et le combat final commence.

Alex : « Allez, les amis, c'est notre dernière chance ! »

Le combat est intense, mais grâce à leur travail d'équipe, ils parviennent à éliminer les derniers ennemis.

Lina : « Oui ! Nous l'avons fait ! »

Sophie : « C'était incroyable ! »

La victoire célébrée, le groupe se rend compte qu'ils ont formé des liens indéfectibles.

Max : « Peu importe les défis, tant que nous sommes ensemble, nous pouvons tout surmonter. »

Alex : « C'est vrai. Chaque match nous rend plus forts. »

Et alors que le soleil se couchait sur l'île, ils savaient que tant qu'ils restaient unis, aucune tempête ne pourrait jamais les séparer.

Bien sûr ! Continuons l'histoire où nous l'avons laissée, approfondissant les aventures du groupe d'amis sur l'île de Fortnite.

Après leur victoire, Alex, Sophie, Max et Lina se rassemblent autour du feu de camp qu'ils ont allumé dans la ferme d'**Anarchy Acres**. La nuit est tombée, et le ciel est parsemé d'étoiles.

Sophie : « Je ne peux toujours pas croire que nous avons réussi à gagner ! C'était un match épique. »

Max : « Oui, surtout grâce à notre travail d'équipe. On a bien géré nos rôles. »

Lina : « Vous pensez que nous pourrions en gagner un autre comme ça ? »

Alex : « Je n'en doute pas. Si on reste soudés et qu'on continue à s'entraîner, on peut devenir une véritable légende sur l'île. »

Ils décident de passer la nuit à discuter de leurs stratégies et des meilleures façons de s'améliorer. Max sort son carnet de notes, qu'il utilise pour prendre des notes sur leurs techniques.

Max : « Je pense qu'on devrait également travailler sur notre communication. Plus on parle, plus on sera efficaces. »

Sophie : « D'accord, mais ce n'est pas toujours facile en plein combat. »

Lina : « Juste un mot-clé pourrait faire l'affaire. Par exemple, "coup droit" pour signaler qu'un ennemi arrive. »

Le groupe acquiesce, chacun réfléchissant à des mots clés à utiliser dans le feu de l'action.

Le lendemain matin, ils se réveillent tôt pour s'entraîner. Alex a une idée brillante.

Alex : « Que diriez-vous de créer un parcours d'obstacles ? Ça nous aidera à améliorer nos constructions et notre agilité. »

Max : « Excellente idée ! Utilisons les matériaux que nous avons trouvés hier soir. »

Ils se mettent au travail, construisant des rampes, des murs et des ponts improvisés. En un rien de temps, ils ont créé un parcours complexe.

Lina : « D'accord, qui commence ? »

Sophie : « Je vais y aller ! »

Elle s'élance à travers le parcours, construisant rapidement des murs pour se protéger et sautant par-dessus des obstacles. Ils applaudissent alors qu'elle termine avec succès.

Max : « Bien joué, Sophie ! À mon tour maintenant ! »

Max tente de relever le défi, mais il trébuche à mi-chemin et tombe.

Alex : « Pas mal ! Le fait de tomber fait partie de l'apprentissage. Essaie encore. »

Après plusieurs tours, le groupe s'améliore considérablement. Ils se déplacent plus vite et construisent avec plus de confiance.

Puis, un bruit de moteur se fait entendre. Un groupe d'ennemis arrive sur une voiture de golf, et les amis se cachent rapidement derrière des arbres.

Lina : « Que faisons-nous ? On peut les attaquer ? »

Alex : « Non, restons cachés. Observons d'abord leurs mouvements. »

Les ennemis descendent de la voiture, visiblement à la recherche de ressources.

Sophie : « Ça pourrait être une bonne occasion de prendre l'avantage. »

Max : « On pourrait les surprendre par derrière. »

Alex acquiesce et ils se préparent à l'attaque.

Alex : « En avant, sur mon signal. Prêts ? 3, 2, 1… GO ! »

Ils se jettent en avant, attaquant les ennemis par surprise. Un combat intense s'ensuit, mais grâce à leur entraînement, ils parviennent à prendre le dessus.

Lina : « C'est notre chance, prenez tout ce que vous pouvez ! »

Après avoir éliminé le groupe, ils fouillent les corps et trouvent de nombreuses ressources utiles, notamment des munitions et des potions.

Sophie : « Nous avons vraiment bien fait équipe là ! »

Alors qu'ils se remettent de leur victoire, une alarme retentit à travers l'île. La tempête se rapproche rapidement.

Max : « Nous devons partir maintenant ! Direction **Fatal Fields** ! »

Ils courent à travers les champs, utilisant des constructions rapides pour se protéger des tirs ennemis en chemin. En approchant de Fatal Fields, ils aperçoivent une grande ferme.

Lina : « Nous devrions nous cacher à l'intérieur ! »

Ils se faufilent dans la ferme et trouvent un endroit pour se cacher dans le grenier.

Alex : « Restez silencieux. Si des ennemis passent par ici, nous devons être prêts. »

Au bout d'un moment, une équipe d'adversaires entre dans la ferme, cherchant des ressources. Les amis écoutent attentivement.

Sophie : « Ils sont juste en bas. Que faisons-nous ? »

Max : « Attendre. Ils pourraient partir d'un moment à l'autre. »

Les ennemis commencent à fouiller la maison. Alex lance un regard à ses amis, puis il a une idée.

Alex : « Écoutez, quand ils sortiront, on peut les prendre par surprise depuis le grenier. Préparez-vous à tirer. »

Finalement, les ennemis décident de quitter la maison, mais avant qu'ils ne sortent, Alex, Sophie, Max et Lina se lancent dans l'attaque.

Lina : « Maintenant ! »

Ils descendent du grenier, tirant sur les ennemis. La bataille fait rage, mais le groupe utilise les stratégies qu'ils ont pratiquées. En peu de temps, ils éliminent tous les adversaires.

Sophie : « Wow, on est vraiment devenus forts ! »

Après avoir fouillé la ferme et trouvé des provisions supplémentaires, ils réalisent que la tempête s'approche à nouveau.

Alex : « On doit trouver un moyen de sortir d'ici. Je suggère de se diriger vers **Snobby Shores**. »

Ils se dirigent rapidement vers la côte. En arrivant à Snobby Shores, ils se cachent derrière des maisons, se préparant pour la prochaine bataille. L'atmosphère est tendue, mais ils se sentent confiants grâce à leur expérience collective.

Max : « On devrait établir une base ici. Cela nous donnera un avantage pour le prochain combat. »

Ils commencent à construire une base solide, utilisant les ressources qu'ils ont collectées. Au moment où ils finissent, un autre groupe de joueurs s'approche.

Lina : « Ils arrivent ! Soyez prêts ! »

Les ennemis attaquent, mais le groupe d'Alex se défend avec brio, construisant des murs et tirant avec précision.

Sophie : « On ne peut pas laisser ces gars gagner ! On se bat pour notre survie ! »

Le combat est féroce, mais finalement, ils parviennent à vaincre l'équipe ennemie. Ils se regroupent, épuisés mais victorieux.

Alex : « C'était intense, mais nous l'avons fait ! »

À ce moment-là, ils reçoivent un message à l'écran : « Seules deux équipes restent. »

Lina : « C'est le moment de donner le meilleur de nous-mêmes. »

Max : « Concentrez-vous, et gardons la communication. On peut le faire ! »

Le groupe s'installe pour le combat final, attendant que leurs derniers adversaires se montrent. Les nerfs sont à vif, mais la détermination brille dans leurs yeux.

Alors que la tempête continue de se resserrer, ils se préparent à l'inévitable affrontement.

Sophie : « Quoi qu'il arrive, on reste ensemble. C'est notre force. »

Alex : « Oui ! Et souvenez-vous, nous sommes une équipe. Nous avons déjà battu tous ceux qui se sont mis en travers de notre chemin ! »

Le combat final commence, et la tension est palpable. Chaque tir compte, chaque construction doit être parfaite. Ils se battent avec détermination, leur entraînement et leur travail d'équipe les propulsant vers la victoire.

Finalement, après une bataille acharnée, ils éliminent la dernière équipe ennemie. Le son de l'applaudissement retentit alors qu'ils célèbrent leur victoire.

Lina : « Nous l'avons fait ! Nous sommes les champions de ce match ! »

Max : « C'était incroyable ! Je ne pourrais pas demander de meilleurs coéquipiers ! »

Sophie : « C'était un vrai travail d'équipe. Je suis si fière de nous ! »

Alex : « C'est plus qu'un jeu. Nous avons créé des souvenirs ensemble, et c'est ce qui compte vraiment. »

Ils regardent l'horizon, réalisant que leur amitié est désormais aussi forte que leurs compétences de joueurs. Ensemble, ils peuvent surmonter tous les défis qui se présenteront à eux.

Et ainsi, avec la promesse de nombreuses autres aventures à venir, ils quittent le champ de bataille, prêts à plonger dans le prochain match sur l'île.

près leur victoire éclatante, le groupe s'installe à **Snobby Shores** pour se reposer. La nuit est tombée et ils se réunissent autour d'un feu de camp, les rires et les histoires des batailles passées flottant dans l'air.

Sophie : « Vous vous souvenez de ce moment où Max a essayé de sauter d'un bâtiment et a atterri dans un buisson ? »

Max : « Hé, c'était un plan ! Je pensais que ça fonctionnerait. Au moins, j'ai surpris l'ennemi ! »

Lina : « Oui, tu as vraiment fait une entrée mémorable. »

Alex : « C'est ce que j'aime dans notre équipe. Nous savons rire même après les moments les plus intenses. »

Soudain, un éclair déchire le ciel, suivi d'un tonnerre lointain. Le groupe se fige un instant.

Lina : « Ça n'annonce rien de bon. Vous pensez qu'une tempête arrive ? »

Sophie : « Ou peut-être quelque chose d'encore plus dangereux. Rappelons-nous que sur cette île, tout peut arriver. »

Alors qu'ils continuent à discuter, une lueur brillante apparaît au loin. Intrigués, ils décident d'aller voir ce que c'est.

Alex : « Allons voir cette lumière. Ça pourrait être une nouvelle aventure ! »

Ils se dirigent vers la lumière, se frayant un chemin à travers la végétation dense. En s'approchant, ils découvrent un ancien temple caché dans les buissons, illuminé par des cristaux brillants.

Max : « Wow, regardez ça ! Ce temple a l'air incroyable ! »

Sophie : « Il a sûrement des trésors à l'intérieur. Mais soyons prudents. »

En entrant dans le temple, ils découvrent des énigmes et des pièges. Un grand couloir les mène à une salle centrale avec des statues de guerriers en pierre.

Lina : « On dirait qu'il faut résoudre une énigme pour avancer. Regarde ces inscriptions sur le mur ! »

Les inscriptions montrent des symboles et des chiffres. Alex s'approche et commence à déchiffrer les indices.

Alex : « Ça parle de combiner des éléments pour ouvrir la porte. Il nous faut trois éléments : le feu, l'eau et la terre. »

Sophie : « On doit trouver ces éléments dans le temple ! »

En fouillant, Max trouve une petite flamme magique dans un brasero.

Max : « J'ai trouvé le feu ! Que dois-je faire avec ça ? »

Alex : « Garde-le près de toi. Nous devons maintenant trouver de l'eau et de la terre. »

Lina, en regardant autour, aperçoit une petite fontaine au fond de la salle.

Lina : « Regardez ! De l'eau ! Je vais en prendre ! »

Elle remplit un flacon et rejoint le groupe. Ensuite, ils continuent à explorer le temple. Alex voit un coin recouvert de terre.

Alex : « Cela doit être la terre. Utilisez votre pioche pour en prendre. »

Max s'active avec sa pioche, extrayant un peu de terre qu'ils mettent dans un petit récipient.

Sophie : « Maintenant que nous avons tous les éléments, que devons-nous faire ensuite ? »

Alex : « Nous devons les placer sur cette plateforme au centre de la pièce. »

Ils s'approchent de la plateforme, plaçant soigneusement les éléments en position. La plateforme s'illumine, et un mécanisme se met en marche. Une porte secrète s'ouvre lentement, révélant un trésor inestimable.

Max : « Regardez ça ! C'est incroyable ! »

Ils entrent dans la pièce, découvrant des armes légendaires et des ressources en abondance.

Sophie : « Nous sommes tombés sur un véritable trésor ! »

Lina : « Mais attention, ce n'est peut-être pas sans danger. Restez sur vos gardes. »

Alors qu'ils examinent les trésors, une silhouette apparaît à l'entrée de la pièce. Un autre joueur les observe, armé d'un fusil.

Inconnu : « Vous avez trouvé mes trésors. Maintenant, je vais devoir vous éliminer. »

Le groupe se met en position de combat, prêts à défendre ce qu'ils viennent de trouver.

Alex : « Ne t'approche pas ! Nous ne voulons pas de problèmes, mais nous défendrons ce trésor ! »

Le joueur sourit, mais son regard est déterminé.

Inconnu : « Vous ne comprenez pas, n'est-ce pas ? Ce trésor ne vous appartient pas. Vous aurez à vous battre pour le garder. »

Lina : « On ne recule pas. Prépare-toi à te battre ! »

Le combat s'engage alors, et ils doivent utiliser tout ce qu'ils ont appris. Les échanges de tirs résonnent dans la salle, créant une ambiance de tension.

Max : « Il faut se séparer et attaquer de différents côtés ! »

Sophie : « Bonne idée, je vais sur la droite ! »

Le groupe divise ses forces, attaquant l'inconnu sous tous les angles. La bataille est intense, et ils se rendent vite compte que cet adversaire est bien plus redoutable qu'ils ne l'avaient imaginé.

Alex : « Je vais construire un mur pour nous protéger ! »

Il construit rapidement une barricade, offrant une couverture à ses amis. Max en profite pour recharger son arme.

Max : « Je l'ai en visée, je vais essayer de le toucher ! »

Sophie et Lina continuent à tirer, gardant l'adversaire occupé. Finalement, grâce à leur travail d'équipe, ils parviennent à l'entourer.

Lina : « Maintenant, concentrez-vous ! Sur mon signal, on tire tous en même temps ! »

Sophie : « Prête ! »

Alex : « Allez-y ! »

Tous tirent en même temps, et le joueur est vaincu, disparaissant dans une pluie de loot.

Max : « Nous l'avons eu ! »

Sophie : « Mais qu'allons-nous faire du trésor maintenant ? »

Alex : « Nous devrions le partager. Chacun de nous mérite une part, surtout après cette bataille. »

Ils commencent à prendre ce qui leur revient, mais Alex remarque quelque chose de particulier au fond de la pièce.

Alex : « Attendez, regardez cette carte ! »

Il prend la carte et l'examine attentivement.

Lina : « Qu'est-ce qu'il y a dessus ? »

Alex : « Ça montre des emplacements de trésors cachés sur l'île. Nous devons absolument la garder. »

Max : « Ça pourrait nous donner un avantage incroyable pour nos futurs matchs ! »

Satisfaits de leur découverte, ils quittent le temple, armés de nouvelles ressources et de leur précieuse carte.

Sophie : « Que faire maintenant ? On continue à explorer ? »

Alex : « Oui, mais nous devons être prudents. D'autres joueurs pourraient vouloir nous attaquer pour obtenir notre carte. »

Ils décident de se déplacer vers **Greasy Grove**, où ils espèrent se regrouper et élaborer un plan pour utiliser leur carte à bon escient. En marchant, ils discutent de leur prochaine stratégie.

Lina : « Je propose qu'on essaie de trouver les trésors indiqués sur la carte un par un. Cela pourrait nous donner un bon équipement. »

Max : « Et on pourrait toujours nous cacher dans des endroits stratégiques pour éviter les combats inutiles. »

Arrivés à Greasy Grove, ils s'installent dans un petit restaurant pour réfléchir à leurs prochaines étapes.

Sophie : « Regardez, il y a encore du loot ici ! Prenons ce qu'on peut. »

Alors qu'ils fouillent les lieux, une nouvelle alarme retentit, signalant que la tempête se rapproche à nouveau.

Alex : « On doit bouger. Préparez-vous à partir ! »

Le groupe se déplace rapidement, prêt à utiliser la carte pour trouver leur premier trésor. Ils se dirigent vers la forêt, suivant les indications de la carte.

En chemin, ils aperçoivent une lumière vive à travers les arbres.

Lina : « Ça doit être le premier emplacement de trésor ! Allons voir ! »

En s'approchant, ils découvrent un coffre caché sous un vieux chêne.

Max : « Regardez ça ! »

Ils ouvrent le coffre pour révéler une collection d'armes rares et des matériaux de construction.

Sophie : « C'est incroyable ! Nous avons vraiment eu de la chance ! »

Après avoir pris les trésors, ils entendent un bruit de pas derrière eux.

Alex : « Attention ! D'autres joueurs arrivent ! »

Rapidement, ils se cachent derrière des arbres, attendant de voir qui approche.

Lina : « Qu'est-ce qu'on fait ? On attaque ou on attend ? »

Max : « Je pense qu'il vaudrait mieux rester cachés. Nous avons de bons équipements maintenant. Pas besoin de risquer notre vie. »

Les ennemis passent sans les remarquer, et le groupe souffle de soulagement.

Sophie : « Bien joué, les amis. On doit faire attention à l'avenir. »

Ils continuent leur chemin, utilisant la carte pour trouver d'autres trésors tout en restant vigilants. Chaque nouvelle découverte renforce leur confiance et leur esprit d'équipe.

La nuit suivante, alors qu'ils se reposent, ils échangent sur leurs objectifs pour le reste du match.

Alex : « Si on continue comme ça, on pourrait vraiment devenir les meilleurs joueurs de l'île. »

Lina : « Oui, et ça ne serait pas seulement à cause des armes. On est une vraie équipe. »

Max : « On doit garder cet esprit. Peu importe les défis à venir. »

Alors qu'ils discutent, une lumière étrange apparaît à l'horizon, attirant leur attention.

Sophie : « Qu'est-ce que c'est ? »

Alex : « Allons voir. Ça pourrait être quelque chose de spécial. »

Ils se dirigent vers la lumière, prêts pour une nouvelle aventure sur l'île de Fortnite, déterminés à découvrir tous ses secrets et à se battre ensemble jusqu'à la victoire finale.

En s'approchant de la lumière mystérieuse, le groupe ressent une montée d'excitation et d'appréhension. La lumière scintille, créant une ambiance presque magique autour d'eux.

Lina : « Vous pensez que c'est un autre trésor ou quelque chose de plus dangereux ? »

Max : « J'ai un mauvais pressentiment. On devrait avancer prudemment. »

Sophie : « Oui, restons en formation. Si quelque chose tourne mal, nous serons prêts. »

Alors qu'ils s'approchent, ils découvrent une sorte de portail brillant, flottant au-dessus du sol. À l'intérieur, des images de paysages d'autres dimensions défilent, captivant leur attention.

Alex : « Regardez ça ! C'est un portail dimensionnel ! On pourrait peut-être passer dans un autre monde. »

Sophie : « Est-ce que c'est sûr ? On ne sait pas ce qui se trouve de l'autre côté. »

Max : « Mais cela pourrait être une opportunité incroyable. Pensez à tous les nouveaux trésors et équipements que nous pourrions trouver ! »

Lina : « Je suis partante, mais nous devons rester ensemble et garder nos esprits ouverts. »

Le groupe se regarde, chacun réfléchissant aux implications de ce voyage. Finalement, Alex prend une profonde inspiration.

Alex : « D'accord, allons-y. Nous sommes ensemble, et si quelque chose ne va pas, nous pouvons toujours revenir. »

Ils s'avancent tous ensemble vers le portail, et, au moment où ils le traversent, une sensation de vertige les envahit. Une lumière éblouissante les entoure, et ils se retrouvent soudain dans un monde totalement différent.

Sophie : « Où sommes-nous ? »

Ils se retrouvent sur une île qui semble être un mélange de styles futuristes et médiévaux, avec des bâtiments en verre et des châteaux en pierre. Le ciel est d'un bleu éclatant, et des créatures étranges volent autour d'eux.

Max : « C'est incroyable ! Regardez tous ces bâtiments ! »

Lina : « Mais attention, ça pourrait être dangereux. »

Soudain, une créature ressemblant à un dragon passe au-dessus d'eux en rugissant, les faisant sursauter.

Sophie : « Je n'aime pas ça... Ça a l'air un peu trop risqué ici. »

Alex : « On doit explorer et voir ce que nous pouvons trouver. Peut-être qu'il y a des ressources ou des armes qui pourraient nous aider. »

Ils se déplacent prudemment, explorant cette nouvelle île. Ils découvrent des cristaux luminescents et des ressources qu'ils n'avaient jamais vues auparavant.

Max : « Regardez ces cristaux ! Ils sont magnifiques. Je parie qu'ils ont des propriétés spéciales. »

Lina : « On devrait en prendre quelques-uns. Ça pourrait être utile. »

En ramassant les cristaux, ils remarquent un groupe de joueurs au loin, semblant également explorer cette nouvelle dimension.

Sophie : « On n'est pas seuls ici. Que faisons-nous ? »

Alex : « Restons à l'écart pour l'instant. On ne sait pas quel type de joueurs ils sont. »

Alors qu'ils se cachent derrière des buissons, un des joueurs se met à parler à l'autre.

Joueur 1 : « Ces cristaux pourraient nous rendre plus puissants. Il faut les protéger à tout prix. »

Joueur 2 : « Oui, mais nous ne sommes pas les seuls à les chercher. Restons vigilants. »

Max : « Ils veulent ces cristaux. Si nous en avons trop, ils pourraient nous attaquer. »

Lina : « On pourrait utiliser cela à notre avantage. Que diriez-vous de les distraire ? »

Alex : « Bonne idée. Je vais créer une diversion pendant que vous récupérez le reste des cristaux. »

Alex se faufile discrètement vers un groupe d'arbres, où il lance une grenade qui explose à distance, attirant l'attention des joueurs adverses.

Sophie : « Maintenant, allons-y vite ! »

Max et Lina profitent de la distraction pour ramasser autant de cristaux que possible. Juste au moment où ils s'apprêtent à partir, les joueurs adverses commencent à revenir, furieux.

Joueur 1 : « Qui a osé s'approcher de notre territoire ? »

Lina : « Vite, on doit partir ! »

Ils courent à travers l'île, les cris des joueurs adverses résonnant derrière eux. Alors qu'ils se dirigent vers une zone plus sécurisée, un grand bâtiment attire leur attention.

Max : « Regardez ce château ! On pourrait s'y cacher. »

Ils entrent dans le château, trouvant un endroit pour se cacher et se regrouper. Ils se reposent un moment, les cœurs battant encore à cause de l'adrénaline.

Sophie : « Ça a été trop près. On a failli se faire attraper. »

Alex : « Mais on a réussi ! Et maintenant, nous avons ces cristaux. Je suis sûr qu'ils vont nous donner un avantage dans nos combats. »

Lina : « Mais que faisons-nous maintenant ? Il y a probablement d'autres joueurs ici. »

Max : « Nous devons élaborer un plan. Utilisons les cristaux pour créer des pièges ou des outils. »

Sophie : « Je me demande si ces cristaux peuvent nous aider à améliorer nos armes. »

Alex examine les cristaux, son esprit tournant.

Alex : « Je vais essayer de les combiner avec mes armes. Peut-être que cela les rendra plus puissantes. »

Ils commencent à travailler ensemble, combinant leurs ressources et testant les cristaux sur leurs armes. Les résultats sont impressionnants, et chacun sent une nouvelle énergie.

Lina : « Ça marche ! Nos armes sont plus fortes maintenant. »

Max : « Et nous avons encore quelques cristaux à utiliser pour des surprises. »

Soudain, ils entendent un bruit venant de l'extérieur. Des voix se rapprochent.

Sophie : « Qu'est-ce que c'est ? »

Alex : « Ça doit être ces joueurs. Préparez-vous au combat. »

Ils se mettent en position, prêts à défendre leur territoire. Les portes du château s'ouvrent brusquement, et une équipe de joueurs entre, les regardant avec défi.

Joueur 3 : « Vous avez quelque chose qui nous appartient. Rendez-vous, et on peut discuter. »

Lina : « On ne rendra rien. Nous avons gagné ce trésor ! »

Max : « Vous allez devoir vous battre pour ça. »

Le combat éclate dans le château. Les amis utilisent les cristaux pour renforcer leurs attaques, tandis que les ennemis se battent avec détermination.

Alex : « On doit se séparer et les prendre par surprise ! »

Sophie : « Je vais à gauche, Max à droite. Lina, reste près de moi ! »

Les amis se déplacent rapidement, prenant leurs adversaires par surprise. Les échanges de tirs résonnent à travers le château. Grâce à leur travail d'équipe et aux nouveaux pouvoirs de leurs armes, ils commencent à prendre le dessus.

Lina : « Nous avons l'avantage ! Ne laissez pas passer cette chance ! »

Finalement, après un combat acharné, ils réussissent à vaincre l'équipe adverse, qui disparaît dans une pluie de loot. Le groupe se regroupe, haletant mais heureux.

Max : « On a encore gagné ! Je crois que nous devenons vraiment des légendes ! »

Sophie : « Oui, mais attention. D'autres équipes peuvent vouloir nous défier. »

Alex : « Nous devons rester sur nos gardes et continuer à explorer cette île. Qui sait quelles autres surprises elle nous réserve ? »

Alors qu'ils se regroupent et commencent à fouiller le château pour des ressources, une alerte retentit à travers l'île : « La tempête se rapproche ! »

Lina : « On doit y aller, vite ! Direction la prochaine zone sécurisée ! »

Ils quittent le château, chargés de trésors et de nouveaux équipements. En chemin, ils décident d'explorer plus de zones tout en restant vigilants face aux autres joueurs.

Max : « On pourrait passer par **Retail Row** pour voir s'il reste des ressources. »

Sophie : « Bonne idée. Rassemblons nos forces et faisons le tour de la ville. »

En arrivant à Retail Row, ils découvrent une ville déserte, mais ils ne se laissent pas avoir par l'absence de bruit.

Alex : « Restez ensemble. On ne sait jamais quand des ennemis peuvent surgir. »

Alors qu'ils avancent prudemment, ils trouvent une maison intacte. Ils décident de fouiller à l'intérieur.

Lina : « Peut-être qu'il y a encore des ressources ici. »

Ils fouillent la maison, trouvant des munitions et des matériaux de construction. Soudain, un bruit de pas se fait entendre à l'étage supérieur.

Sophie : « Je crois que quelqu'un est là. Soyons prudents. »

Alex fait signe à tout le monde de se taire, puis il monte lentement les escaliers, prêt à attaquer.

Max : « Je vais te couvrir d'ici. Si ça chauffe, je lance une grenade. »

Alex atteint le sommet et découvre un autre joueur, armé et prêt à tirer.

Alex : « Ne bouge pas ! Lâche ton arme ! »

Le joueur se retourne, surpris.

Joueur 4 : « Attendez ! Je ne suis pas là pour me battre. Je veux juste me sortir de cette tempête ! »

Sophie : « Pourquoi devrions-nous te faire confiance ? »

Joueur 4 : « Parce que je sais où se trouvent des trésors et des armes puissantes. Si vous me laissez partir, je peux vous aider. »

Alex et le groupe échangent des regards.

Lina : « Est-ce que ça vaut le coup ? »

Max : « Je ne sais pas. Ça pourrait être un piège. »

Alex réfléchit un moment avant de prendre une décision.

Alex : « D'accord. Tu as notre attention. Mais si tu essaies de nous trahir, tu le regretteras. »

Le joueur hoche la tête, visiblement soulagé.

Joueur 4 : « Je vous promets. Suivez-moi. »

Ils descendent tous ensemble, et le joueur les guide à l'extérieur, loin de Retail Row. En chemin, il leur montre des cartes de trésors cachés dans les environs.

Joueur 4 : « Il y a un endroit juste au sud ici. Une ancienne ruine où des trésors sont cachés. »

Sophie : « Nous devons y aller ! »

Lina : « Mais il faut rester prudents. On ne sait pas si d'autres joueurs sont déjà là. »

Ils se dirigent vers la ruine, le cœur battant d'excitation. En arrivant, ils voient un grand bâtiment ancien, couvert de lierre.

Max : « Regardez ça ! C'est incroyable ! »

Alex : « On dirait que nous ne sommes pas les seuls ici. »

En effet, ils aperçoivent une autre équipe de joueurs fouillant la ruine.

Sophie : « Que devons-nous faire ? Les attaquons-nous ? »

Lina : « Peut-être que nous pouvons les surprendre si nous utilisons les cristaux pour créer un piège. »

Alex acquiesce, et le groupe commence à planifier leur attaque. Ils s'installent en position, attendant le bon moment.

Max : « Quand je dis maintenant, on attaque tous ensemble. »

Le moment venu, ils lancent leurs attaques, créant une diversion avec les cristaux tout en prenant leurs adversaires par surprise. Le combat fait rage dans la ruine.

Alex : « Ne les laissez pas s'échapper ! Utilisez toutes vos compétences ! »

Leur coordination et l'utilisation stratégique des cristaux leur donnent un avantage. Finalement, ils parviennent à vaincre l'équipe adverse, récupérant le trésor qu'ils cherchaient.

Sophie : « On a réussi ! Regarde tout ce loot ! »

Lina : « Nous avons vraiment fait du bon travail en équipe. »

Alors qu'ils fouillent les restes de la bataille, une voix s'élève derrière eux.

Joueur 5 : « Vous êtes tous très doués. Mais je crains que ce ne soit pas encore fini. »

Ils se retournent pour voir une nouvelle équipe de joueurs, prête à se battre.

Max : « Pas encore ! On doit les affronter encore une fois ? »

Alex : « Rassemblez-vous ! On ne peut pas laisser cette équipe prendre ce que nous avons gagné. »

Ils se mettent en position, chacun prêt à défendre leur trésor. La tension est palpable alors que les deux équipes se font face, prêtes à tout pour gagner.

Sophie : « On ne peut pas perdre maintenant ! Nous avons trop investi dans cette aventure ! »

Lina : « Ensemble, nous sommes plus forts. Faisons-le ! »

Le combat commence, et le groupe se bat avec détermination. Les cris résonnent, les armes s'entrechoquent, et ils font face à leur plus grand défi jusqu'à présent. Grâce à leur travail d'équipe et à leur courage, ils parviennent à repousser cette nouvelle menace, gagnant ainsi la bataille une fois de plus.

Max : « C'était intense ! Mais nous l'avons encore fait. »

Sophie : « Mais je pense qu'il est temps de rentrer. Nous avons suffisamment de trésors pour nous équiper pour notre prochaine aventure. »

Alex : « Je suis d'accord. Rentrons à la maison, et préparons-nous pour notre prochain défi. Qui sait quelles autres surprises nous attendent sur cette île ? »

Alors qu'ils se dirigent vers le portail pour rentrer chez eux, chacun ressent une montée d'adrénaline et d'anticipation pour leurs futures aventures sur Fortnite.

Alors qu'ils se dirigent vers le portail, le groupe se sent encore plus unis après leurs épreuves. La tension s'estompe lentement, et une nouvelle excitation les envahit.

Alex : « Je ne peux pas croire à quel point nous avons été efficaces aujourd'hui. Chaque combat nous rend plus forts ! »

Sophie : « Oui, mais on ne peut pas se reposer sur nos lauriers. D'autres joueurs vont certainement chercher à nous défier après ce qu'on a fait. »

En atteignant le portail, ils échangent des regards, prêts à retourner dans leur monde.

Max : « On a une montagne de trésors à partager avec notre équipe. Imaginez la surprise de tout le monde ! »

Lina pose sa main sur le portail, et la lumière commence à les englober à nouveau. En un clin d'œil, ils se retrouvent dans leur campement, les souvenirs de leur aventure encore frais dans leur esprit.

Lina : « Nous y sommes enfin. »

Sophie s'approche de la table où ils stockent leurs ressources.

Sophie : « Regardez tout ça ! Ces cristaux vont vraiment changer la donne pour nos prochaines batailles. »

Alex : « Et nos nouvelles armes, elles ont l'air incroyables. Nous devrions immédiatement nous entraîner pour tirer le meilleur parti de tout ça. »

Alors qu'ils commencent à examiner leur butin, un bruit inattendu résonne autour d'eux. Ils se retournent pour voir un autre groupe de joueurs, visiblement hostile, approcher de leur camp.

Joueur 6 : « Eh bien, regardez qui voilà ! Les héros de l'île. Vous avez de belles choses là. Ça serait dommage de les perdre. »

Max : « Qu'est-ce que vous voulez ? On n'a rien à vous donner. »

Joueur 7 : « Oh, mais je crois que vous allez devoir partager. Nous avons entendu parler de vos exploits et nous sommes ici pour mettre fin à votre petite fête. »

Sophie : « Pas question ! Nous avons gagné tout cela à la sueur de notre front ! »

La tension monte, et le groupe se prépare à défendre son territoire.

Alex : « Restez groupés, et utilisez les cristaux pour nos attaques. On va leur montrer de quoi nous sommes capables. »

Le groupe ennemi se prépare aussi, sortant des armes et des équipements flambants neufs.

Lina : « Est-ce qu'on les attaque maintenant ? »

Max : « Oui, mais faisons-le intelligemment. Je vais créer une diversion avec une grenade, pendant que vous vous préparez à frapper ! »

Au moment où Max lance la grenade, une explosion retentit, projetant des éclats de lumière partout. Profitant de la confusion, Alex et Sophie avancent pour attaquer.

Joueur 6 : « Qu'est-ce que... ? »

Le groupe d'Alex profite de la surprise pour prendre l'avantage, et un combat intense s'engage. Les cris et le fracas des armes résonnent dans tout le camp.

Sophie : « Ne lâchez rien ! On doit défendre notre butin ! »

Lina : « Regarde à ta gauche, Alex ! »

Alex se tourne juste à temps pour voir un joueur se précipiter vers lui. Avec un mouvement rapide, il utilise son arme renforcée par les cristaux pour le repousser.

Alex : « Je ne laisserai personne prendre ce que nous avons gagné ! »

Les ennemis commencent à reculer, surpris par la détermination du groupe d'Alex. Le combat continue, mais la force de leur équipe semble donner le tournis à leurs adversaires.

Max : « Ils commencent à flancher ! On peut le faire, les amis ! »

Joueur 7 : « Retraite ! On ne peut pas rivaliser avec eux ! »

Les adversaires commencent à battre en retraite, mais le groupe d'Alex ne se laisse pas décourager.

Sophie : « Ne les laissez pas s'échapper ! On doit leur montrer que nous sommes prêts à tout ! »

Le groupe se lance à la poursuite des adversaires, déterminé à ne pas laisser passer cette chance de défendre leur territoire.

Lina : « On a besoin d'un plan ! Je vais essayer de flanquer par la gauche pendant que vous les attaquez de front. »

Alex : « Excellente idée. On va les piéger entre nous ! »

La stratégie fonctionne à merveille. Tandis que Lina contourne le groupe ennemi, Alex et Max se lancent dans une attaque frontale.

Max : « Vous n'irez nulle part ! »

Alors qu'ils capturent les joueurs ennemis, le groupe se retrouve face à un autre joueur qui n'a pas fui.

Joueur 8 : « Vous ne savez pas dans quoi vous vous êtes engagés. Vous avez volé des trésors qui ne vous appartiennent pas ! »

Sophie : « Nous avons gagné chaque victoire. C'est vous qui devez faire face aux conséquences de vos choix ! »

Joueur 8 : « Vous allez le regretter. Je suis ici pour prendre tout ce qui vous appartient. »

Un nouveau combat commence, plus intense que le précédent. Les cris des joueurs résonnent dans l'air alors qu'ils s'affrontent.

Lina : « On a besoin d'un coup de pouce ! Utilisez les cristaux pour intensifier nos attaques ! »

Les cristaux brillent intensément, amplifiant leur puissance. Le groupe, plein de détermination, réussit finalement à vaincre le joueur ennemi.

Alex : « On l'a eu ! Mais restons sur nos gardes. D'autres peuvent arriver à tout moment. »

Sophie : « On devrait sécuriser le camp et renforcer nos défenses. »

Max : « Bonne idée. On ne peut pas se permettre d'être pris par surprise une nouvelle fois. »

Ils se mettent à renforcer les barrières de leur camp, plaçant des pièges autour pour se protéger contre d'éventuels ennemis. La nuit tombe, mais leur vigilance ne faiblit pas.

Lina : « Pensez-vous qu'ils reviendront ? »

Alex : « Ils n'abandonneront pas si facilement. On doit être prêts. »

Une fois les défenses en place, ils prennent un moment pour se reposer autour du feu de camp.

Sophie : « Bien joué tout le monde. On a vraiment assuré. »

Max : « Ouais, on forme une super équipe. Imaginez ce qui nous attend pour la suite ! »

Lina : « J'ai hâte de voir ce que cette île nous réserve encore. Peut-être d'autres aventures, d'autres trésors. »

Alex : « En effet. Mais il faut rester concentrés. L'aventure ne fait que commencer. »

Alors que le feu crépite et que la nuit s'installe, le groupe se sent uni, prêt à affronter tous les défis à venir sur l'île de Fortnite. Ils savent que tant qu'ils restent ensemble, ils peuvent surmonter n'importe quel obstacle.

Le lendemain matin, le groupe se réveille avec l'énergie renouvelée. Le soleil brille au-dessus de l'île, et l'atmosphère est chargée d'anticipation.

Lina : « Je pense qu'on devrait explorer les environs. Qui sait ce que nous pourrions découvrir ? »

Max : « Oui, mais restons prudents. Nous avons déjà fait des ennemis, et ils pourraient avoir des alliés qui veulent se venger. »

Alex : « D'accord, mais je crois que nous avons suffisamment de force pour nous défendre. On doit aussi être proactifs et chercher des ressources. »

Sophie, examinant les cartes de la région, pointe un endroit.

Sophie : « Regardez ici. Il y a un ancien château au nord de notre camp. Ça pourrait être une bonne idée d'y aller. On pourrait trouver des armes ou des trésors. »

Max : « Ou peut-être une nouvelle équipe qui attend de nous attaquer. »

Lina : « Mais on ne peut pas rester ici indéfiniment. Allez, faisons-le. Nous avons déjà surmonté tant d'épreuves. »

Ils se préparent, rassemblent leur équipement et commencent leur marche vers le château. Sur le chemin, ils échangent des anecdotes sur leurs aventures passées, renforçant leur camaraderie.

Alex : « Je me souviens de la fois où nous avons affronté cette équipe dans le village de Lazy Lake. C'était tellement intense ! »

Sophie : « Oui ! Et Max a presque fait exploser le camp ennemi avec une seule grenade. On a tous eu peur ! »

Max : « Eh bien, on a gagné, non ? C'est tout ce qui compte ! »

En arrivant près du château, ils peuvent voir qu'il est immense, avec des murs de pierre et des tours qui touchent le ciel.

Lina : « C'est encore plus grand que je ne l'imaginais. On dirait que personne n'y a mis les pieds depuis longtemps. »

Alex : « Parfait ! Cela signifie que nous pourrions avoir une bonne chance d'y trouver des trésors. Restons alertes. »

Ils pénètrent dans le château, s'aventurant dans les couloirs sombres et silencieux. Chaque pas résonne dans l'immense hall.

Sophie : « J'ai l'impression que quelque chose ne va pas ici. Il y a trop de silence. »

Max : « Peut-être qu'ils ont tous fui à cause de nous ! »

Soudain, un bruit sourd se fait entendre venant de l'étage supérieur.

Lina : « Qu'est-ce que c'était ? »

Alex : « Restez ici. Je vais aller vérifier. »

Il monte prudemment les escaliers, son cœur battant. En haut, il aperçoit une silhouette au loin, quelqu'un fouillant des affaires.

Alex : « Hé ! Qui va là ? »

La silhouette se retourne rapidement, révélant un autre joueur, un regard inquiet sur son visage.

Joueur 9 : « Attendez ! Je ne suis pas là pour me battre ! Je cherche juste des ressources. »

Sophie (en bas) : « Alex, qu'est-ce qui se passe ? »

Alex : « C'est un joueur qui prétend vouloir juste fouiller. Devrait-on le laisser faire ? »

Lina : « Ça pourrait être un piège. On ne sait pas si d'autres le suivent. »

Max : « Je pense qu'on devrait lui demander d'abord de nous montrer ce qu'il a trouvé. Si ça ne nous plaît pas, on peut toujours l'éliminer. »

Alex hoche la tête, puis se tourne vers le joueur.

Alex : « Très bien. Montre-nous ce que tu as, et peut-être que nous te laisserons partir. »

Le joueur, visiblement nerveux, commence à sortir quelques objets de son sac.

Joueur 9 : « J'ai trouvé ces potions de bouclier et quelques balles. Mais je sais où il y a un coffre caché dans ce château. Si vous me laissez vivre, je peux vous le montrer. »

Sophie, écoutant depuis en bas, murmure à Max et Lina.

Sophie : « Que pensons-nous de cette offre ? Ça pourrait être risqué. »

Lina : « Peut-être qu'on devrait prendre un risque. On ne sait pas quel type de trésors se cache ici. »

Max : « Ça pourrait être une bonne occasion. Mais gardons un œil sur lui. »

Alex descend alors pour parler avec ses amis.

Alex : « Que devrions-nous faire ? Ce joueur a l'air d'avoir des informations précieuses. »

Lina : « Je pense que nous devrions lui donner une chance, mais garder notre garde. »

Le groupe finit par accepter l'offre du joueur.

Alex : « D'accord. Montre-nous ce coffre. Mais n'essaie pas de nous tromper, sinon ça finira mal pour toi. »

Le joueur hoche la tête et commence à les guider à travers les couloirs du château. Ils suivent, leurs yeux alertes, s'attendant à ce que quelque chose se passe.

Joueur 9 : « Je l'ai trouvé près de l'ancienne salle du trône. J'espère que c'est bien ce que vous cherchez. »

Ils arrivent devant une grande porte en bois ornée. Le joueur pousse la porte, révélant un coffre étincelant.

Sophie : « Regardez ça ! C'est magnifique ! »

Lina : « Ça doit contenir des trésors incroyables. »

Le joueur ouvre le coffre, révélant une multitude d'objets brillants.

Max : « Wouah ! Regardez ces armes ! »

Alex : « Tu avais raison de nous montrer ça. Je suppose qu'on peut te laisser partir maintenant. »

Mais au moment où ils s'apprêtent à s'en aller, des bruits de pas se font entendre. Une autre équipe de joueurs arrive, armée jusqu'aux dents.

Joueur 10 : « Eh bien, que se passe-t-il ici ? Vous pensez vraiment que vous pouvez garder tout ça pour vous ? »

Le groupe d'Alex se met en position de combat, prêt à défendre ce qu'ils ont acquis.

Sophie : « On ne laissera personne nous voler nos trésors ! »

Lina : « Rassemblez-vous ! On doit faire front ensemble ! »

Le combat s'engage, et les deux équipes se livrent à une bataille intense, chacun utilisant ses compétences pour prendre l'avantage. Les cris et les bruits d'armes résonnent dans le château.

Max : « On doit les tenir à distance ! Utilisez les potions et les cristaux ! »

Alex se bat avec bravoure, déterminé à protéger ses amis et les trésors qu'ils ont trouvés. Le joueur qu'ils ont rencontré plus tôt se joint à eux.

Joueur 9 : « Je ne vous laisserai pas tomber ! Je veux aussi me défendre ! »

Les tensions montent alors qu'ils repoussent l'équipe ennemie, utilisant toutes leurs compétences. Finalement, grâce à leur travail d'équipe, ils réussissent à vaincre leurs adversaires.

Alex : « On l'a fait ! Mais restons prudents. D'autres joueurs peuvent encore arriver. »

Lina : « On devrait retourner au camp avec tout ça. On a bien mérité un repos. »

En rassemblant le trésor, le groupe sait qu'ils doivent rester vigilants, mais ils se sentent plus forts que jamais. Alors qu'ils commencent à quitter le château, ils échangent des sourires, sachant qu'ils ont surmonté un autre défi ensemble.

De retour au camp, Alex, Sophie, Max et Lina se réunissent autour du feu de camp, le trésor étalé devant eux.

Sophie : « Je n'arrive pas à croire que nous avons réussi à défendre notre territoire encore une fois. »

Max : « Et ce trésor ! Nous sommes prêts pour la prochaine aventure. »

Lina : « Je suis tellement contente de faire partie de cette équipe. Nous avons fait de grandes choses ensemble. »

Alex : « Oui, et cela ne fait que commencer. L'île de Fortnite est pleine de surprises. Nous devons rester unis et toujours prêts à affronter ce qui nous attend. »

Avec une nouvelle détermination, ils regardent les étoiles scintillantes au-dessus de leur camp, impatients de découvrir ce que l'avenir leur réserve sur l'île.

Le lendemain, le groupe se réveille avec une nouvelle énergie. Après leur victoire au château, ils sont impatients de découvrir d'autres mystères de l'île.

Sophie : « Qu'est-ce qu'on fait aujourd'hui ? On a tellement de nouvelles ressources, mais je sens qu'il y a encore plus à explorer. »

Max : « Je pense qu'on devrait retourner au village de Lazy Lake. Il y a toujours des rumeurs de trésors cachés et d'anciennes constructions à explorer. »

Lina : « Bonne idée ! Je suis curieuse de voir si nous pouvons trouver d'autres équipes amicales ou même d'autres trésors. »

Alex : « Allons-y alors. Mais restons prudents. D'autres joueurs pourraient avoir eu vent de notre succès et pourraient être à notre recherche. »

Ils se préparent rapidement, vérifiant leur équipement et leurs munitions avant de quitter le camp. En route vers Lazy Lake, le paysage change lentement, avec des arbres verdoyants et des collines ondulantes.

Sophie : « Regardez là-bas ! Ces ruines pourraient avoir des secrets. »

Max : « On devrait s'y arrêter. Qui sait ce qu'on pourrait trouver ? »

En s'approchant des ruines, ils découvrent une ancienne structure en pierre, couverte de lianes et de mousse.

Lina : « C'est magnifique. Je me demande combien de temps ça a pu rester ici. »

Alex : « Soyez sur vos gardes. Il pourrait y avoir des pièges ou d'autres joueurs. »

Ils commencent à explorer les ruines, cherchant des indices ou des trésors cachés. Soudain, un bruit de pas résonne derrière eux.

Max : « Qu'est-ce que c'était ? »

Le groupe se retourne pour voir une autre équipe de joueurs approcher, armée et prête à combattre.

Joueur 11 : « Alors, les héros du château sont de retour. Que faites-vous ici ? »

Sophie : « Nous cherchons juste des trésors. On n'a pas besoin de problèmes. »

Joueur 12 : « Trop tard pour ça. Vous avez quelque chose que nous voulons. »

Alex se met devant ses amis, prêt à défendre leur groupe.

Alex : « On n'a rien à vous donner. Si vous voulez quelque chose, vous allez devoir vous battre pour ça. »

Le groupe ennemi sourit, sûr de lui.

Joueur 11 : « Très bien. Préparez-vous à perdre ! »

La tension monte alors qu'un combat éclate. Alex, Sophie, Max et Lina se battent avec bravoure, utilisant leurs nouvelles compétences et les trésors qu'ils ont trouvés.

Lina : « Utilisez les cristaux pour renforcer nos attaques ! »

Sophie lance des grenades, Max tire avec précision, et Alex dirige le groupe avec détermination. Le combat est intense, mais leur cohésion leur permet de prendre le dessus.

Sophie : « On ne peut pas laisser cette équipe nous surpasser ! Ne lâchez rien ! »

Alors qu'ils repoussent leurs adversaires, l'un des joueurs ennemis s'enfuit vers les ruines.

Joueur 12 : « Vous n'avez pas fini avec moi ! Je reviendrai ! »

Le groupe d'Alex réussit à vaincre les autres membres de l'équipe ennemie, mais un sentiment de méfiance persiste.

Max : « On devrait partir d'ici. Ils ne vont pas tarder à revenir avec des renforts. »

Alex : « Bonne idée. Explorons rapidement les ruines avant de partir. »

Ils fouillent les ruines et découvrent un coffre dissimulé derrière un mur effondré.

Lina : « Regarde ça ! »

En ouvrant le coffre, ils trouvent des potions, des armes rares, et une carte ancienne.

Sophie : « C'est incroyable ! Cette carte doit montrer des endroits secrets sur l'île. »

Max : « On doit la garder précieusement. Ça pourrait nous mener à de nouveaux trésors. »

Après avoir rassemblé leurs nouvelles trouvailles, ils décident de quitter les ruines pour éviter tout affrontement supplémentaire.

De retour sur le chemin vers Lazy Lake, Alex examine la carte qu'ils ont trouvée.

Alex : « Il y a un endroit ici, près de l'ancien pont. Il semble qu'il y ait un coffre caché là-bas. »

Lina : « On devrait y aller tout de suite ! »

Alors qu'ils s'avancent vers le pont, une brise fraîche les accompagne, et l'adrénaline monte à chaque pas. En arrivant au pont, ils remarquent des marques de combat et des traces de pas.

Sophie : « On n'est pas seuls ici. Soyons très prudents. »

Ils s'avancent doucement, cherchant des signes de danger. Soudain, un autre groupe de joueurs apparaît, bloquant le passage.

Joueur 13 : « Encore vous ! Vous pensez vraiment que vous pouvez prendre ce qui vous appartient ? »

Alex : « On n'a rien à vous donner. Si vous voulez vous battre, très bien. Mais sachez que nous sommes prêts. »

Joueur 14 : « Vous ne saurez pas ce qui vous frappe ! »

Le combat éclate à nouveau, et Alex et son équipe se battent avec toute leur force. La tension monte alors qu'ils échangent des tirs et évitent des grenades.

Lina : « Je vais essayer de les flanquer par la droite ! »

Max : « D'accord, je couvre tes arrières ! »

Sophie, quant à elle, utilise une de leurs potions pour renforcer sa défense avant de plonger dans la mêlée.

Sophie : « Ne reculez pas ! On peut les battre ! »

Le combat est brutal, mais l'équipe d'Alex reste soudée. En utilisant leurs compétences et leur travail d'équipe, ils commencent à prendre l'avantage.

Alex : « Ne vous laissez pas distraire ! Concentrez-vous sur l'objectif ! »

Finalement, après une bataille acharnée, ils parviennent à repousser l'équipe ennemie. Essoufflés, mais victorieux, ils prennent un moment pour reprendre leur souffle.

Max : « Je ne sais pas combien de fois on va devoir se battre aujourd'hui. C'est épuisant ! »

Lina : « Mais regardez, on est encore debout. Ça prouve à quel point on est forts ensemble. »

Sophie : « Et n'oubliez pas notre trésor ! Regardons ce qu'il y a dans ce coffre ! »

Ils fouillent autour du pont et trouvent un coffre dissimulé sous des débris. En l'ouvrant, ils découvrent une arme mythique et des ressources précieuses.

Alex : « C'est incroyable ! Cela va vraiment nous aider dans nos prochaines batailles. »

Alors qu'ils se préparent à partir, une silhouette s'approche. C'est le joueur qu'ils ont rencontré dans le château, le Joueur 9, qui semble désespéré.

Joueur 9 : « J'ai entendu parler de vos exploits. Je voulais m'excuser pour mon comportement. Je me rends compte que nous avons plus à gagner ensemble qu'en nous battant. »

Sophie : « Tu veux dire que tu souhaites te joindre à nous ? »

Joueur 9 : « Oui, si vous êtes d'accord. Je peux vous aider avec mes connaissances de l'île. »

Alex échange un regard avec ses amis.

Max : « Ça pourrait être utile. On a besoin de quelqu'un qui connaît les recoins de l'île. »

Lina : « Et s'il devient un fardeau ? On doit être prudents. »

Alex : « On lui donne une chance. Mais nous restons sur nos gardes. »

Joueur 9 : « Je le promets, je ne vous décevrai pas. »

Avec leur nouveau compagnon, le groupe se dirige vers Lazy Lake, où d'autres mystères et aventures les attendent.

e retour à Lazy Lake, ils s'installent pour discuter de leurs prochaines étapes. Le groupe se regroupe autour d'une carte, les yeux brillants d'excitation.

Sophie : « Alors, où devrions-nous aller en premier avec cette carte ? »

Alex : « Il y a un symbole ici qui ressemble à une ancienne forteresse. Cela pourrait être notre prochaine destination. »

Max : « Mais on doit être prudents. Cette carte pourrait attirer d'autres joueurs. »

Lina : « Nous devons nous préparer et nous entraîner davantage avant de partir. Si nous faisons face à des adversaires comme ceux que nous avons affrontés, nous devons être au top de notre forme. »

Avec le coucher du soleil, ils commencent à planifier et à s'entraîner, renforçant ainsi leur alliance et leur détermination à surmonter tous les défis.

Joueur 9 : « Merci de m'avoir accepté dans votre groupe. Je ferai tout pour vous aider. »

Alex : « Bienvenue à bord. Ensemble, nous serons invincibles. »

Leur histoire continue, pleine de défis, de mystères et d'aventures. Sur l'île de Fortnite, ils sont prêts à affronter tout ce qui se présente à eux, déterminés à prouver que l'amitié et le travail d'équipe sont leurs meilleurs atouts.

Avec la carte en main et un nouvel allié à leurs côtés, le groupe commence à préparer leur expédition vers l'ancienne forteresse. La tension est palpable alors qu'ils se regroupent pour discuter de leur stratégie.

Lina : « La forteresse doit être remplie de trésors, mais aussi de dangers. Nous devons élaborer un plan solide. »

Sophie : « Et nous devons être prudents. Les rumeurs disent que des équipes rivalisent pour atteindre cet endroit. »

Max : « Je propose que nous nous divisions en deux groupes. Un groupe peut s'approcher discrètement pendant que l'autre surveille les alentours. »

Joueur 9 : « Ça peut marcher. Je connais quelques chemins cachés qui pourraient nous aider à nous faufiler. »

Alex : « D'accord, je prends le rôle de leader pour un groupe, et nous devrions établir des signaux pour communiquer. »

Le groupe se divise. Alex, Lina et Joueur 9 se dirigent vers l'entrée principale de la forteresse, tandis que Sophie et Max prennent un chemin latéral pour surveiller les environs.

Le soleil commence à se coucher, projetant des ombres longues sur le terrain alors qu'ils avancent vers la forteresse. L'architecture massive se dresse devant eux, ornée de drapeaux décolorés.

Alex : « C'est plus impressionnant que je ne le pensais. Qui aurait cru qu'il y avait une structure comme ça ici ? »

Lina : « On dirait que cette forteresse a des siècles d'histoire. Espérons qu'elle ait aussi des trésors ! »

Joueur 9 : « Attention, je pense que nous ne sommes pas seuls ici. Regardez là-bas ! »

Il pointe vers une équipe rivale qui patrouille autour de l'entrée.

Alex : « D'accord, restons cachés. On doit élaborer un plan pour passer sans être repérés. »

Lina regarde autour d'elle et remarque une ouverture sur le côté de la forteresse.

Lina : « Regardez cette fenêtre. On pourrait essayer de rentrer par là. »

Joueur 9 : « Bonne idée ! Je peux grimper et jeter un œil à l'intérieur pour voir si c'est sûr. »

Joueur 9 grimpe avec agilité, se faufilant à travers la fenêtre. Pendant ce temps, Alex et Lina se cachent derrière un buisson, observant les mouvements de l'équipe rivale.

Alex : « On ne peut pas rester ici éternellement. S'ils découvrent que nous sommes là, cela pourrait être un désastre. »

Lina : « J'espère que Joueur 9 revient vite. »

Après quelques instants, Joueur 9 revient par la fenêtre, l'air excité.

Joueur 9 : « C'est plein de trésors à l'intérieur ! Il y a aussi des armes rares. Mais attention, il y a des ennemis à l'intérieur qui patrouillent. »

Alex : « Très bien. Nous devons être stratégiques. Quand Sophie et Max reviennent, on élaborera un plan d'attaque. »

Juste à ce moment-là, Sophie et Max arrivent, essoufflés mais souriants.

Sophie : « Nous avons vu des équipes ennemies se rassembler. Ils semblent aussi intéressés par cette forteresse. »

Max : « Alors on doit agir vite. Que proposez-vous ? »

Alex explique le plan pendant qu'ils se préparent à entrer dans la forteresse.

Alex : « Nous allons entrer par la fenêtre. Joueur 9 et moi, nous couvrirons l'entrée principale, tandis que Lina, Sophie et Max se dirigent vers le trésor. »

Lina : « D'accord, mais si quelque chose tourne mal, signalez-le immédiatement. »

Ils pénètrent dans la forteresse, chaque membre du groupe restant vigilant. À l'intérieur, le bruit des pas résonne dans les couloirs en pierre, créant une atmosphère tendue.

Joueur 9 : « Par ici ! Suivez-moi, je connais un chemin qui mène directement au trésor. »

Ils avancent discrètement, évitant les patrouilles ennemies. En arrivant dans une grande salle, ils aperçoivent un coffre massif au centre.

Sophie : « Regarde ce coffre ! C'est énorme ! »

Mais juste avant qu'ils n'aient le temps d'approcher, une autre équipe de joueurs surgit de l'ombre.

Joueur 15 : « Eh bien, si ce n'est pas le groupe qui a fait parler de lui ! Vous avez l'air de chercher quelque chose. »

Alex : « Nous ne vous laisserons pas prendre ce trésor ! Préparez-vous à vous battre ! »

Le combat s'engage rapidement, chacun utilisant ses compétences pour se défendre. Les balles fusent, et les cris résonnent dans la salle.

Max : « Je vais flanquer par la droite ! Lina, couvre-moi ! »

Lina : « Je suis là, Max ! »

Alex et Joueur 9 se battent avec acharnement, utilisant des tactiques de combat. Les cris de la bataille résonnent autour d'eux, tandis qu'ils repoussent leurs adversaires.

Sophie : « On doit garder notre sang-froid ! Ne laissez pas la panique s'emparer de vous ! »

Malgré la confusion, l'équipe d'Alex reste concentrée, repoussant l'équipe ennemie avec habileté. Après un échange intense, ils finissent par dominer le combat.

Joueur 15 : « Reculez ! On n'a pas fini avec vous ! »

L'équipe ennemie se retire, mais Alex sait que cela ne sera pas la dernière fois qu'ils les verront.

Alex : « Nous devons prendre ce coffre avant qu'ils ne reviennent. Allons-y ! »

n ouvrant le coffre, une lueur dorée émerge, révélant des armes épiques, des potions de bouclier et des ressources précieuses.

Lina : « On a vraiment réussi ! C'est incroyable ! »

Max : « Et ce n'est pas tout. Regardez cette carte, elle semble indiquer d'autres emplacements sur l'île ! »

Sophie : « Nous avons de quoi nous préparer pour notre prochaine aventure. »

Juste à ce moment-là, le groupe entend un bruit venant de l'extérieur. Des voix s'élèvent, et il devient évident que l'équipe ennemie se regroupe.

Alex : « Nous devons partir, maintenant ! »

Ils rassemblent rapidement leurs trouvailles et se dirigent vers la sortie, conscients que le temps presse.

Une fois à l'extérieur, ils prennent un moment pour rassembler leurs pensées.

Lina : « On a réussi à sortir de là ! Mais ils ne vont pas nous lâcher. »

Max : « Qu'est-ce qu'on fait maintenant ? »

Joueur 9 : « Je connais un chemin secret qui nous mènera à un endroit sûr. Suivez-moi ! »

Ils se faufilent à travers les buissons, évitant les patrouilles ennemies, jusqu'à atteindre une grotte cachée. Une fois à l'intérieur, ils prennent un moment pour respirer.

Sophie : « Ça a été intense ! Mais je suis contente d'avoir eu votre soutien. »

Alex : « C'est ce qui fait notre force. Ensemble, nous sommes plus forts. »

Ils sortent de la grotte, déterminés à explorer d'autres parties de l'île. Leurs aventures ne font que commencer, et ils savent qu'ils devront rester vigilants, car d'autres défis les attendent.

Alors qu'ils avancent vers de nouvelles découvertes, Alex regarde la carte avec un sourire.

Alex : « Je sens qu'il y a encore beaucoup à explorer. Avec notre nouvelle équipe, nous pourrions conquérir cette île. »

Lina : « Oui, et peut-être découvrir les mystères qui s'y cachent. »

Joueur 9 : « Je suis prêt à vous suivre partout. Ensemble, nous pouvons surmonter tous les obstacles. »

Leur esprit d'équipe est plus fort que jamais, et alors qu'ils avancent vers l'inconnu, ils sont prêts à relever tous les défis que Fortnite leur réserve. Chaque jour est une nouvelle aventure, et ils sont déterminés à faire de leur mieux.

Après avoir quitté la grotte, le groupe décide de se rendre à un autre endroit indiqué sur la carte. Ils traversent des champs verdoyants et des forêts denses, la tension s'accumulant alors qu'ils se rapprochent d'une région appelée **Pleasant Park**.

Alex : « D'après la carte, il y a un endroit ici qui pourrait avoir des ressources inestimables. Mais on doit rester vigilants. »

Max : « J'ai entendu dire que des équipes rivalisent souvent dans cette zone. Nous devons être prêts pour un combat. »

Sophie : « Peut-être qu'on peut éviter le combat. Si nous nous faufilons, nous pourrions atteindre le trésor sans attirer l'attention. »

Ils avancent prudemment, s'arrêtant fréquemment pour écouter et observer les environs. En approchant d'une maison abandonnée, Lina aperçoit un mouvement à l'intérieur.

Lina : « Je pense que je viens de voir quelqu'un. On ne peut pas prendre de risques. Préparons-nous au combat. »

Le groupe se positionne autour de la maison, prêts à intervenir. Alex fait signe à Joueur 9 de prendre un angle de tir sur le côté.

Alex : « Joueur 9, couvre-moi. Je vais entrer par la porte d'entrée. »

Joueur 9 : « Compris. Je suis prêt. »

Ils s'infiltrent dans la maison, Alex et Lina s'approchant prudemment de l'intérieur. À l'intérieur, ils découvrent un groupe de joueurs en train de fouiller les lieux.

Max : « C'est maintenant ou jamais ! »

Les joueurs se retournent, surpris par l'intrusion.

Joueur 16 : « Qu'est-ce que vous faites ici ? »

Alex : « On est ici pour le trésor. Sortez, ou préparez-vous à vous battre ! »

Une bataille éclate à l'intérieur de la maison. Les munitions fusent alors qu'Alex et ses amis échangent des tirs avec l'équipe ennemie.

Sophie : « Je vais utiliser une grenade ! Tout le monde, écartez-vous ! »

La grenade explose, désorientant les adversaires et permettant à Alex d'avancer.

Alex : « Allez, on les a presque battus ! Ne lâchez rien ! »

Finalement, l'équipe d'Alex remporte la bataille, mais ils sont épuisés.

Lina : « Ça a été intense. Regardez, ils avaient des ressources ! »

En fouillant les restes, ils trouvent des potions, des munitions et des cartes qui pourraient les aider pour la suite.

Alors qu'ils prennent un moment pour récupérer, Joueur 9 découvre un vieux coffre dissimulé sous une pile de débris.

Joueur 9 : « Regardez ça ! Je pense que c'est un coffre caché ! »

Ils l'ouvrent ensemble, révélant une série de matériaux rares et un objet mystérieux.

Max : « Qu'est-ce que c'est ? Un artefact ? »

Sophie : « Ça ressemble à un ancien talisman. Il doit avoir des pouvoirs spéciaux. »

Alex l'examine attentivement.

Alex : « Nous devrions le garder. Cela pourrait nous être utile dans nos prochaines aventures. »

Le groupe décide de quitter Pleasant Park et de se rendre à un autre endroit sur la carte : un mystérieux **temple** dans les montagnes.

Lina : « J'ai toujours voulu explorer un temple. Surtout un aussi ancien que celui-ci. »

Joueur 9 : « Les temples sont souvent protégés par des énigmes ou des pièges. Nous devrons être prêts à affronter n'importe quoi. »

En s'approchant du temple, ils réalisent que l'entrée est gardée par une énigme gravée sur la porte massive.

Max : « Regardez cette inscription. Il doit y avoir un moyen de l'ouvrir. »

Le groupe se regroupe autour de l'inscription, essayant de déchiffrer le message.

Sophie : « Cela ressemble à un poème. Il parle de la lumière et de l'obscurité. »

Lina : « Peut-être que nous devons utiliser notre talisman ici. Cela pourrait être une clé. »

Joueur 9 : « Essayons ! »

Ils placent le talisman dans une fente sur la porte, et celle-ci s'illumine. Un mécanisme grince, et la porte s'ouvre lentement, révélant l'intérieur du temple.

Alex : « Ça a fonctionné ! Allons-y ! »

À l'intérieur, le temple est rempli de trésors et de statues anciennes. Au centre, un autre coffre les attend.

Max : « Je ne peux pas croire qu'on soit ici. Regardez tout ça ! »

Mais soudain, le sol tremble, et des pièges se déclenchent. Des flèches fusent et des blocs tombent du plafond.

Lina : « Fuyez ! On doit se mettre à l'abri ! »

Ils s'échappent de justesse, se précipitant vers la sortie alors que le temple se met à s'effondrer.

Sophie : « C'est maintenant ou jamais ! »

Une fois à l'extérieur, ils prennent un moment pour reprendre leur souffle.

Alex : « Bien joué, tout le monde. Nous avons failli y rester. »

Lina : « Mais nous avons trouvé un trésor incroyable. Ça en valait la peine ! »

Le groupe examine leur butin, et le talisman semble scintiller d'une énergie mystérieuse.

Joueur 9 : « Je me demande quel pouvoir il détient vraiment. Peut-être qu'il peut nous guider vers d'autres trésors ? »

Max : « Quoi qu'il en soit, il est temps de retourner à Lazy Lake. Nous devons nous regrouper et préparer notre prochaine aventure. »

Ils décident de faire demi-tour, prêts à se lancer dans de nouvelles explorations, conscients que l'île cache encore de nombreux secrets.

De retour à Lazy Lake, le groupe se retrouve dans leur campement, examinant leurs découvertes.

Sophie : « Alors, que devrions-nous faire ensuite ? Nous avons un tas de ressources. »

Max : « Je pense qu'on devrait construire une meilleure base. On a besoin d'un endroit pour nous regrouper après nos aventures. »

Lina : « Et on pourrait utiliser le talisman pour trouver d'autres trésors. On doit tester ses pouvoirs. »

Alex : « D'accord. Commençons par construire notre base. Joueur 9, pourrais-tu nous montrer un bon emplacement ? »

Joueur 9 : « Bien sûr. Je connais un endroit sûr, loin des équipes ennemies. Suivez-moi. »

s se dirigent vers une clairière protégée, entourée d'arbres, où ils commencent à construire leur base.

Sophie : « Je vais m'occuper des murs. Lina, peux-tu nous aider avec le toit ? »

Lina : « Pas de problème. On va rendre ça solide. »

Alex et Max se chargent de la défense, installant des pièges autour de la base pour éviter les intrusions.

Max : « Ça devrait les dissuader de s'approcher. Et si jamais quelqu'un tente d'entrer, ils auront une surprise ! »

Une fois la base terminée, ils se regroupent autour du talisman, maintenant posé sur une table au centre.

Alex : « On doit découvrir ce que ce talisman peut faire. Joueur 9, as-tu des idées ? »

Joueur 9 : « Je pense qu'il pourrait révéler des trésors cachés si nous concentrons notre énergie dessus. »

Lina : « D'accord, essayons. Que chacun mette la main sur le talisman. »

Ils posent tous les mains sur le talisman, fermant les yeux pour se concentrer. Une lumière éblouissante émane de l'objet, projetant des images de l'île sur le mur.

Sophie : « Regardez ! Ça montre des endroits secrets ! »

Max : « Ce serait incroyable ! Nous devons visiter ces lieux. »

Alex prend la carte et les images révélées par le talisman.

Alex : « Il semble que nous ayons plusieurs destinations à explorer. D'abord, allons vers le **montagne de la neige**. Les rumeurs disent qu'il y a une cachette secrète là-bas. »

Lina : « Et ensuite, on peut se diriger vers le **village de Retail Row**. J'ai entendu dire qu'il y avait des trésors enfouis. »

Sophie : « Ça sonne comme un plan. Préparons-nous et mettons-nous en route ! »

Avec une nouvelle détermination, le groupe se prépare à quitter leur base, l'excitation palpable dans l'air.

Leur aventure les conduit à la **montagne de la neige**, un paysage enneigé d'une beauté saisissante.

Max : « C'est magnifique ici ! Mais je ne me sens pas très à l'aise. Ça me rappelle des histoires de monstres des neiges. »

Sophie : « Arrête de stresser ! On a le talisman avec nous. Si jamais il se passe quelque chose, on saura quoi faire. »

En grimpant sur la montagne, ils découvrent une entrée de grotte cachée derrière un tas de neige.

Alex : « Regardez ça ! Ça doit être là que se cache le trésor. »

Lina : « Entrons prudemment. »

À l'intérieur de la grotte, ils découvrent des cristaux scintillants qui illuminent la pièce. Cependant, un grondement sourd retentit, faisant vibrer les murs.

Joueur 9 : « Qu'est-ce que c'est ? Ça ne me dit rien qui vaille. »

Max : « On doit avancer, mais avec précaution. »

En s'enfonçant plus profondément dans la grotte, ils aperçoivent un grand coffre au fond. Mais soudain, une créature des neiges apparaît, gardant le coffre.

Sophie : « Oh non, ça ne peut pas être vrai ! Une créature des neiges ! »

Alex : « Restez en alerte ! Nous devons la vaincre pour atteindre le coffre. »

Une bataille s'engage, la créature attaquant avec des rafales de neige.

Lina : « Utilisez le talisman ! Peut-être qu'il a un pouvoir contre elle ! »

Alex : « Je vais essayer ! »

Il lève le talisman, et une lumière éblouissante émane, frappant la créature. Elle recule, mais ne se rend pas sans se battre.

Max : « On doit la distraire pendant qu'Alex utilise le talisman ! »

Is travaillent en équipe, esquivant les attaques de la créature tout en lançant leurs propres attaques. Finalement, avec une dernière poussée d'énergie du talisman, la créature se dissipe dans un nu de neige.

Joueur 9 : « On a réussi ! »

Essoufflés mais victorieux, ils s'approchent du coffre.

Sophie : « Voyons ce qu'il y a à l'intérieur ! »

En ouvrant le coffre, ils trouvent des armes légendaires et des matériaux rares.

Lina : « C'est incroyable ! Tout ça pour nous ! »

Après avoir pris le trésor, ils se regroupent à l'entrée de la grotte.

Alex : « Maintenant, direction Retail Row. Nous avons encore des trésors à découvrir ! »

Max : « Je suis prêt pour la suite. Nous avons formé une équipe solide. »

Avec un nouvel objectif en tête, ils quittent la montagne, déterminés à poursuivre leur quête sur l'île de Fortnite.

Arrivant à **Retail Row**, le groupe se rend compte que l'endroit est animé. Des équipes de joueurs se battent autour des maisons et des magasins.

Lina : « On dirait que cette zone est très populaire en ce moment. Soyons prudents. »

Sophie : « Nous devons éviter le combat autant que possible, mais nous ne pouvons pas partir les mains vides. »

Alex : « Concentrons-nous sur la récupération des ressources. La cachette que le talisman a révélée doit être près du magasin. »

Ils avancent prudemment, contournant les combats et se faufilant dans les magasins abandonnés.

Au fond d'un magasin de jeux vidéo, ils trouvent un passage secret menant à une petite cave.

Max : « Regardez ça ! Ça doit être la cachette que nous cherchions. »

En entrant, ils découvrent des fournitures et des armes anciennes.

Joueur 9 : « C'est un vrai trésor ! Mais on doit faire vite, je sens que d'autres joueurs approchent. »

Lina : « Prenons ce que nous pouvons et sortons d'ici. »

Alors qu'ils remplissent leurs sacs, ils entendent des voix venant du magasin.

Sophie : « On doit se dépêcher ! Ils arrivent ! »

Alex : « Par ici ! Suivons le couloir de secours. »

Ils se précipitent par la sortie de secours, évitant de justesse les autres joueurs. Une fois à l'extérieur, ils respirent profondément.

Max : « Ça a été chaud ! Je ne sais pas combien de fois nous allons pouvoir nous en sortir comme ça. »

De retour à leur base à Lazy Lake, ils déballent leurs trouvailles.

Joueur 9 : « Nous avons vraiment récolté beaucoup de matériel. Ça va nous aider pour nos prochaines aventures. »

Lina : « Et nous avons maintenant des armes qui pourraient nous donner un avantage. »

Sophie : « Nous devrions penser à renforcer notre base encore plus maintenant. Nous devons être prêts pour les prochains affrontements. »

Alex regarde la carte et se tourne vers le groupe.

Alex : « Alors, quelle est notre prochaine destination ? Le talisman a encore beaucoup de secrets à révéler. »

Max : « Que diriez-vous d'explorer le **canyon** ? J'ai entendu dire qu'il y a des trésors cachés et des secrets enfouis. »

Lina : « Ça sonne bien ! »

Ils commencent à planifier leur prochaine expédition, déterminés à continuer leur quête sur l'île de Fortnite.

En s'approchant du **canyon**, le groupe remarque un paysage spectaculaire, mais également dangereux.

Sophie : « Ce canyon semble magnifique, mais il a l'air plein de pièges. Soyons prudents. »

Alex : « Oui, regardez là-bas. On dirait qu'il y a une équipe qui s'affronte juste en bas. »

Joueur 9 : « Peut-être qu'ils ont trouvé quelque chose d'important. Nous devrions rester à l'écart et observer. »

Ils se cachent derrière une roche, observant les deux équipes en train de s'affronter pour le contrôle d'un trésor.

Lina : « Ça a l'air intense. Je n'aimerais pas être à leur place. »

Max : « Si nous faisons notre mouvement au bon moment, nous pourrions peut-être tirer parti de la situation. »

Alex : « D'accord, surveillons leurs mouvements. Une fois qu'une équipe est affaiblie, nous frapperons. »

Après plusieurs minutes d'observation, l'équipe adversaire commence à se retirer, laissant l'autre équipe épuisée.

Sophie : « C'est maintenant ou jamais. Allons-y ! »

Ils se dirigent rapidement vers le trésor abandonné, mais alors qu'ils s'approchent, une alarme retentit.

Joueur 9 : « Qu'est-ce que c'est ?! »

Max : « On dirait que d'autres joueurs ont déclenché un piège ! Fuyons ! »

Ils se mettent à courir, évitant les flèches et les explosifs qui tombent du ciel. La tension est à son comble alors qu'ils essaient de s'échapper.

Lina : « On ne peut pas nous laisser attraper maintenant ! »

Alex : « Ne vous arrêtez pas ! Vers la sortie du canyon ! »

Finalement, ils parviennent à sortir du canyon juste à temps, s'effondrant dans l'herbe à l'extérieur, haletants.

Sophie : « Je ne pensais pas que ça tournerait aussi mal. »

Max : « Mais au moins, nous avons échappé à ça. »

Joueur 9 : « Et regardez, il y a un coffre à côté de nous ! »

Ils ouvrent le coffre, trouvant des armes rares et des potions de bouclier.

Lina : « Ça valait la peine d'avoir risqué notre vie. »

De retour à Lazy Lake, le groupe discute des événements récents.

Alex : « Cette aventure nous a appris à être encore plus prudents. Mais nous avons réussi à sortir avec des trésors ! »

Sophie : « Et nous avons renforcé notre amitié en chemin. »

Max : « Qu'allons-nous faire maintenant ? Nous avons une base solide et beaucoup de ressources. »

Lina : « Peut-être que nous devrions explorer l'île d'un point de vue différent cette fois. Je propose d'explorer la **zone de la Tempête**. »

Joueur 9 : « Ça pourrait être dangereux, mais je suis partant.

Après des semaines d'exploration et de combats intenses, le groupe d'Alex commence à ressentir la fatigue. Ils ont découvert des trésors incroyables, affronté de redoutables adversaires et construit une base solide à Lazy Lake.

Alex : « Nous avons parcouru un long chemin depuis notre arrivée sur cette île. Chaque aventure nous a rapprochés et nous a rendus plus forts. »

Sophie : « Oui, je n'aurais jamais cru que nous pourrions faire face à des défis aussi grands. Mais je suis heureuse de l'avoir fait avec vous tous. »

Lina : « J'ai aimé chaque minute passée ici. Même les moments difficiles nous ont aidés à grandir. »

Joueur 9 : « On a formé une véritable équipe. Que diriez-vous d'organiser un dernier défi ensemble avant de quitter l'île ? »

Max : « Ça semble parfait ! Un dernier combat, et ensuite nous pourrons nous détendre et nous remémorer nos aventures. »

Ils se dirigent vers un terrain d'entraînement qu'ils ont découvert au fil de leurs aventures, un endroit isolé où ils peuvent se mesurer les uns aux autres sans crainte d'être interrompus.

Alex : « D'accord, ce sera un combat en équipe contre moi. Préparez-vous à perdre ! »

Sophie : « Oh là là, il a de l'ambition ! »

Max : « On va lui montrer ce qu'on vaut ! »

Le combat commence, et l'énergie est à son comble. Les tirs fusent, les stratégies s'entrecroisent et les rires résonnent à chaque mouvement audacieux.

Lina : « Regarde ! Alex est déjà en train de perdre ! »

Joueur 9 : « On va l'encercler, pas de pitié ! »

Finalement, après un combat acharné, Alex se retrouve pris au piège. Il lève les mains en signe de reddition.

Alex : « D'accord, d'accord, vous avez gagné ! Bravo, équipe ! »

Le groupe éclate de rire, heureux d'avoir partagé ce moment de camaraderie.

Sophie : « C'était incroyable ! Je ne veux pas que ça se termine. »

Max : « Oui, mais nous avons encore de nombreuses aventures à vivre, même si c'est ailleurs. »

Le groupe se réunit autour du talisman, désormais devenu un symbole de leur amitié et de leurs exploits.

Lina : « Qu'allons-nous faire du talisman ? Il a été notre guide tout au long de ces aventures. »

Joueur 9 : « Je propose que nous le gardions tous ensemble, comme un souvenir de notre temps ici. »

Alex : « Excellente idée. Et qui sait, peut-être que nous reviendrons un jour sur cette île. »

Ils regardent le coucher de soleil sur l'horizon, les couleurs éclatantes illuminant le ciel, rappelant tous les moments précieux qu'ils ont partagés.

Sophie : « Peu importe où nous allons, nous aurons toujours nos souvenirs ensemble. »

Alors qu'ils commencent à préparer leur départ, chacun partage une dernière pensée.

Max : « Merci à vous tous. Cette aventure a été bien plus que je ne l'aurais imaginé. »

Lina : « Nous avons appris, grandi et surtout, nous avons pris plaisir ensemble. »

Joueur 9 : « J'ai hâte de voir ce que l'avenir nous réserve. »

Alex : « À nos prochaines aventures ! Quoi qu'il arrive, nous resterons toujours une équipe. »

Ils se serrent les coudes, unis par des liens d'amitié indéfectibles, avant de quitter l'île qui a été le théâtre de leurs exploits. L'aventure de Fortnite les a transformés, mais leur voyage ne fait que commencer.

© SAMUEL HAUSSY, 2024
Édition : BoD · Books on Demand GmbH,
In de Tarpen 42, 22848 Norderstedt
(Allemagne)
Impression : Libri Plureos GmbH,
Friedensallee 273, 22763 Hamburg
(Allemagne)
ISBN : 978-2-3225-5824-7
Dépôt légal : Octobre 2024

FSC
www.fsc.org
MIXTE
Papier issu
de sources
responsables
Paper from
responsible sources
FSC® C105338